思考的孩子

國際安徒生獎得主、繪本大師安野光雅自剖五十年創作原點與兒童觀

かんがえる子ども

安野光雅———著 林佩瑾———譯

各界推薦
孩子是天生的思考家

戴上好奇的濾鏡彩繪眼前的世界，安野光雅從《奇妙國》開始，實踐著「我思，故我在」的繪者生活，無字的畫冊開啟讀者天馬行空的想像力。引導讀者思考兒童、生活、人生的奧義，歲月累積而來的智慧，喚醒遺忘的赤子純真、謎一樣的人生，誰不是用熱情在闖？生命無需別人給出標準答案。閱讀的剎那，小宇宙因思考而爆炸無數回，翻轉人生靠的還是不可自限的思考力，謝謝安野光雅用這本書回應我如光般的生命答案。

——宋怡慧（新北市立丹鳳高中圖書館主任）

安野光雅能跨越兒童繪本、數學教材、地誌繪畫和經典文學插畫的大師，本書是他重要的創作論，揭露一個重視閱讀與踏查的藝術家，在書籍、自然和大師原作中尋找靈光的歷程。本書更是一本親切的教養書，他反對填鴨與背誦的教育模式，循循善誘，帶領讀者體會「發現的喜悅與感動」，從懷疑與批判中貼近真實。建議家長可以先讀完《思考的孩子》，然後抱著孩子翻閱繪本，傾聽孩子的創意與發想，也許下一個安野光雅就成長在你家裡！

——須文蔚（詩人、國立東華大學華文系特聘教授）

任何事物都有很多面與前因後果，如果不實際接觸，無法理解本質。但現今的孩子們在資訊過多的社會、管教太多的大人等環境中成長，要有「獨立思考」的能力不是件容易的事。國際安徒生獎得主、獲授日本「紫綬勳章」的人文繪本大師安野光雅，以他敏銳的觀察力與人生經驗，傳達

「思考」與「想像」這樣的心腦活動會讓人生更有趣。並舉例藉由讀書、旅行、融入大自然等，豐富自我心靈並不斷更新「主見」，讓思考成為每天生活的樂趣。

——黃惠綺（惠本屋文化書店創辦人、「惠子的日文繪本通信」版主）

安野光雅出生於一九二六年，童年時經歷了第二次世界大戰，戰後他二十出頭就成為老師，在物資極度缺乏的年代裡，充滿創造力，經常以隨手可得的物品要孩子們學習，譬如拿些糖灑在地上就可以開始觀察螞蟻，他教過幼兒園，也教了小學生，這些經歷讓他從孩子的視野高度與角度思考，在觀察中充滿同理心。本書猶如一本智慧書，讓大人重新思索我們曾有或是失落的童年，如何讓我們活出更文明的世代，為人類培養健康、善良、有創意的下一代，不只在你家、我家，而是在每個人家。

——賴嘉綾（作家、繪本評論）

◎目錄

後記

特別收錄

安野光雅第一本繪本《奇妙國》創作緣起

導讀

思考「獨立思考」——來自安野光雅的邀請

文／藍劍虹（臺東大學兒童文學研究所副教授）

已經是爺爺的安野光雅，應福音館出版社之邀，就「思考」這個主題來說說他的想法。在《思考的孩子》裡，安野光雅在想些什麼呢？他說：希望有更多的人，來「思考」如何「獨立思考」。

這書一點也不是哲學科普書，更沒有教什麼思考方法。如他自己所言，這不是一本「有用」的書，更不是「教你一秒鐘學會〇〇」的書。冊寧說，這類強調有用的思維正是阻礙獨立思考的主因。安野光雅從自身生活經驗來說明獨立思考的重要，也涉及對孩子教育的想法。這聽起來好像是普通平凡人的經驗之思？當然不是。

安野光雅以多面向的圖畫書創作者知名，福音館之所以請他來談這個主題，正是因為他在其創作中展現的不一樣思維。思考，不是哲學家獨有的技藝，安野光雅以如同其畫作一樣優雅近人的語氣平淡道出：「只要活著，人必定在腦中思考著什麼。我們不是哲學家，但是每天的生活還是少不了思考。」這麼說，那還需要特別來談思考嗎？非常需要。因為，就如他於書中所提醒，我們大半時間中都沒有進行「獨立思考」，僅是信服著學校或新聞媒體、廣告、網路等他人的意見，將之視為理所當然，從而「放棄了思考」。

安野光雅非常清醒的例舉現今廣告中充斥著的「看起來更年輕」、

「用了這乳霜，能讓你看起來年輕十歲」之類看似理所當然的文案。他對此是深表質疑：「看起來更年輕要幹麼？不同年齡有不同年齡的美啊！」那些僅是商人要賺取金錢的說詞而已！也應補充思考：「凍齡」和製作木乃伊相近幾希？不應忘記，化妝和木乃伊技術都起源於古埃及。

安野光雅所談其實正如哲學家康德所倡議的「啟蒙」：啟蒙，就是擺脫未成年狀態；而未成年狀態，就是沒有他人的指導，就無法使用自己的知性去思考判斷行事。他這番洞見，不僅是哲學的，更是美學的。因為，正如畢卡索所言：繪畫不是去描摹美的事物，也不是去美化，而是去發掘每個事物的可看性！

安野光雅從創作者、從畫畫的人之角度來進行其獨立思考，所以不僅不同年齡有不同的美，各種事物都其可看性，等待著去發掘。轉換到孩子的教育上來看也是相同的。教育並非以成績優秀、模範生等為標準，也非透過補習等方式來「美化」分數，而是去挖掘每個孩子自身的特性。他在書中就指出，學校、家長將教育當成管教、教化，甚至養成了孩子媚俗造作，就連作文也美化內容添油加醋，就為了討好和成績。所以他不喜歡大人為了孩子所選的那些「感人熱淚」的書籍，而喜歡像宮澤賢治的《夜鷹之星》、吉野源三郎《你想活出怎樣的人生？》、《清秀佳人》等等，都是「不美化、不造作的作品」。

在這本小書，安野光雅展現了畫畫創作的人，點點滴滴的獨立思考。向來，人們錯誤的認為繪畫或其他藝術是和思考無關的，但是我們可以在他身上看到畫畫和獨立思考的緊密聯繫。而在創作與獨立思考之間，有一個他極為重視的東西，就是「自學」：自動自發的學習。這即是能動性：是透過這個主動性，人得以獨立思考和探索、創作。

安野光雅小時候將鏡子放在地面上，而映照出上方的屋簷和天空，產生了不只是左右相反、連天地都顛倒了的奇妙經驗，安野光雅反覆提及這個經驗對他的重要性；那也促發他日後創作第一本無文字圖畫書《奇妙國》。如此奇妙的鏡子，就像戲劇家布雷希特（B. Brecht）說的「特殊的鏡子」：「如果藝術是反映世界的鏡子，那將得是一面特殊的鏡子。」特殊的鏡子的作用在於將世界置入括號，是對世界的真實性的懷疑。

我們知道，古希臘蛇髮女妖的故事。誰看到了蛇髮女妖就會被瞬間石化。作家卡爾維諾（Calvino）指出唯一能砍下女妖的頭的人是英雄柏修斯，因為他不看女妖，而是將他的青銅盾牌磨亮成鏡子，他只看著鏡子，從而砍下女妖的頭。鏡子的作用在於將世界視為虛構、虛假，從而質疑了世界的真實性。

因此這樣的鏡子，就像笛卡兒所提出的「懷疑」。凡事總是持著懷疑態度的安野光雅，真確掌握了笛卡爾「我思」的真義所在：質疑。在第三章〈「獨立思考」的訣竅〉：「懷疑懷疑，不斷懷疑」，「至少也該懷疑一次，之後，你就能學會獨立思考。」

此書就如安野光雅的許多圖畫書一樣，都是向我們發出思考「獨立思考」的邀請。從懷疑看似真實的日常世界開始，進而獨立思考；透過安野光雅，更了解，這不僅是獨立思考的開端，同時也是想像的釋放——思考與創造一直是一體兩面。

前言

我靠著畫畫維生。一路以來，我做繪本時，都是想著：如何分享發現與創造的喜悅，如何引誘讀者踏入迷宮般的圈套，讓讀者看得跳腳——這麼有趣的書，我一定要做做看。

我出版第一本繪本《奇妙國》[1]距今五十年了。當時的讀者還沒有

1 作者注：刊載於日本福音館的月刊書《兒童之友》（こどものとも）一九六八年三月號，後來獨立成冊。沿著樓梯走向上面的樓層，再往上走，又回到原本的樓層。走入迷宮，走著走著，天地卻顛倒過來。水龍頭流出的水變成河川，然後又回到自來水管，不斷循環……小矮人帶你遨遊奇妙世界，這是一本沒有文字的繪本。宛如藝術家莫里茲・柯尼利斯・艾雪（Maurits Cornelis Escher）的錯視藝術。

「無字繪本」的觀念，很多人認為「沒有字的繪本怎麼看得懂？」。說到底，我並不希望讀者兩、三下翻一翻就看完一本繪本，而是希望他們能一看再看，從不同角度領略不同的樂趣。這一點，不管是五十年前或是現在，都是如此，沒有改變。

市面上到處都是一下就能翻完或是簡單易懂的繪本。而且不只是繪本，一般人也認為「好懂」跟「有用」很重要，逐漸不再「獨立思考」。

所謂「思考」，不只像是思考數學習題那樣想問題的答案。思考，就是生活。大家聽到「思考就是生活」這句話，應該會感到一頭霧水吧？舉個例子，「思考晚餐要吃什麼」很不簡單，而「思考孩子的教育」，更是一件大事。

在地上爬呀爬的小寶寶，一旦發現房間有高低差，不能從正面下去，就會轉個身，改用雙腳往下爬。這也是小寶寶自己思考過之後，所得出的結論。

最近我必須去瑞士辦事，但由於中途出了差錯，導致無法進瑞士，只好改成參加「波士尼亞與赫塞歌維納、科索沃、北馬其頓三國的觀光巴士巡禮」。既然計畫生變，反正時間都空下來了，我心想到哪兒都好，不如到陌生的地方看看吧！這是一趟為期六天的旅行。

過往，我都是自己事先大致規畫，然後開車旅行，真的很隨興。而這次，我則是完全沒計畫，就出發旅行了。

住哪裡、吃什麼、參觀什麼（連德蕾莎修女是北馬其頓人這件事，我都是到了當地才知道）、行李怎麼辦（同行的伙伴幫我解決了），一切都不用考慮，完全不需要準備。

簡單來說，這一星期，我什麼都不用想，什麼事都交給身體決定。然而，還是會覺得累，旅行團的人各自遊覽名勝時，只有我留在觀光巴士上打瞌睡。

從巴士看出去的世界，其實也不壞。噢，那就是這國家的工匠嗎？那兩個人在說什麼——是借錢嗎？還是聊相親的事？我任由想像飛馳。

這樣子，就是十分愉快的旅行了。

建築家安藤忠雄先生與哲學家笛卡兒，也喜愛博覽群書，接著出門旅行。因為他們認為人生的道理不只在書中，應該走入風景、走入人群，並從中學習。

說到我自己，這次的旅行沒有什麼特別計畫，什麼都沒想，稱不上什麼了不起的旅行；但其實人就算不特意思考，只要活著，必定會在腦中思考著什麼。

回頭想想，我們不是哲學家，但每天的生活還是少不了思考。

本書中討論了「思考」，像是藉由看電視、上網來學習料理烹飪的方法等行為，是將「思考」交給別人，是「不思考」的範例。

這不是一本「有用」的書，也不是「教你一秒學會〇〇」的書。

我認為「獨立思考」很重要，希望各位在閱讀的過程中，能夠好好想想這個課題。

第一章

思考「孩子」

心靈富足的孩童時光

小時候，我對小我五歲的弟弟說：「告訴你一個祕密，千萬不要說出去喔。做哥哥的，對弟弟一定要完全沒有隱瞞才行。」

我說：「我們家有間地下室，裡面有好多金銀財寶、衣服和玩具。入口就在米櫃裡，只要把米撥開，挖呀挖到最深處，就會看到地下室了。我們家看起來很窮，但其實地下室會冒出源源不絕的米，不用擔心吃不飽。」

弟弟的表情超級認真，說著說著，連我自己都覺得真有那麼一回事。

「聽好囉，等你升上六年級，爸爸就會告訴你這個祕密。所以，到時候，一定要假裝從來沒聽過。這件事，千萬別說出去喔。如果有人在你面前炫耀『我家有地下室』，千萬別不服氣的說『我家也有』。」

後來，我問弟弟還記不記得這件往事，他說：「那是我心靈最富足的一段時光。」孩子會對這樣的世界發出回應，我想，寫給孩子看的故事（例如童話），一定也是靠著與孩子交流、探索、嘗試，所創造而成的。

我認為，每個孩子都在幻想世界中遨遊。

有個遊戲，建議大家一定要玩玩看。把鏡子平放在地板上，然後往下照，你就會發現鏡中世界變得像地下室。

我小時候把鏡子放在榻榻米上，忽然覺得鏡中世界變得好迷人。原本以為鏡子只會照出天花板，想不到稍稍換個角度，就能照出大部分的景物。我小時候常常獨自玩這個遊戲，心中不時想到：「對了，今天也來看看鏡中世界吧！」

我看著鏡中的屋簷，屋簷旁邊是天空，看著看著，我想像有另一個自己踩著天空，坐在屋簷上。接著，那個我跨過屋簷，朝我走來……光是想像，就覺得自己好像墜入了好深好深的地方，令我頭皮發麻。

創作第一本繪本《奇妙國》時，我也描繪了鏡中世界的場景。

我小時候還喜歡玩另一個遊戲。學校下課時，我會從窗戶望著在操場玩耍的孩子，隨意幫他們想台詞。當時我跟一個姓豐田的同學一搭一唱。

「剛剛那傢伙說〇〇。」

「然後他又說△△。結果，那傢伙說……」

我們幫路人任意安插台詞。真的很好玩。我不知道那些人是否真的講了那些話，但說來奇妙，看起來還真有那麼一回事。這段往事，在我創作「旅之繪本」系列[1]時派上了用場。

1　作者注：一名旅人搭船靠岸，騎馬越過山丘，從村莊邁向小鎮。這是一本沒有文字的繪本，詳細描繪了中歐的自然景觀與街景，以及人們的日常生活。其中有幾幕是格林童話的知名場景，也有幾幅名畫。「旅之繪本」系列除了中歐篇，也有英國篇、美國篇、西班牙篇、中國篇、日本篇等，總共九本。

『ふしぎなえ』より

《奇妙國》

孩子生活的世界

吃飯時，大人常常因為孩子打翻飯碗而發飆。其實這種時刻，站到孩子的角度看看就明白了。大人的身高足以俯視桌面，醬油瓶、鹽罐的位置，可說是一目了然。然而，孩子的視線頂多跟桌子同高，因此，撞到、甚至打翻桌上的東西，想想也是難免。

我們可以透過認識這種「物理上的差距」來了解孩子，另一方面，我也認為孩子所感受到的世界，跟我們大人或許不太一樣。

像是，小時候的二十四小時感覺很長，長大後，二十四小時卻變得非常短暫。為什麼呢？即使物理上的時間與空間相同，孩子與大人對於生活中感受到的時間與空間，會不會其實大不相同？

當我回到睽違已久的故鄉津和野時，總覺得和小時候的印象比起來，馬路變窄了。大家都有類似的經驗吧？此外，小時候覺得很高的屋頂，現在卻變得觸手可及。

起初，我以為是長大後視線變高的關係，於是蹲下來瞧一瞧——還是無法回到兒時的角度。因為，大人蹲下來跟小孩站著是不同的。我認為，重點不在於小孩的視線比較矮，也不是因為小孩的身體比較小。

孩子的視野，跟大人的視野，說不定根本毫不相同。如果這是真的，家長跟老師都應該將這份「差異」牢記在心。

肉眼可以看見汽車愈開愈遠，然而，越過某段距離，就無法辨別大的東西是否較遠、小的東西是否較近了。在一定的距離之內，大人能分辨遠近，至於孩子，頂多能辨別近處的物體距離。超過一定的距離，就會失去遠近感，彷彿碰上一道牆，這就叫「最遠平面」[2]。孩子跟大人的最遠平面不同，似乎是因為大人兩眼之間的距離較寬。

想知道孩子跟大人所看到的世界有多麼不同，看看孩子的寫生就知道了。孩子常常會畫下最微小的地方，簡直就像是看著望遠鏡畫出來的。打個比方，在大人眼中遙遠而渺小的鳥居，孩子卻會將它畫得占滿整張紙。在大人眼中微小的東西，孩子卻會慎重的觀看。

大人與孩子的日常生活，愈來愈不同了。電視、平板、智慧型手機、電腦……日常用品隨著時代改變，就算對孩子說「以前的生活如何如何」，孩子也無法體會。

此外，孩子的記憶力與好奇心，也是大人遠遠比不上的。

從各種角度而言，大人跟小孩生活在不同的世界，所以孩子當然不可能完全聽大人的話。

各位務必了解，大人與小孩對事物的判斷標準，各方面都是不同的。

對孩子來說，遊戲就是學習

玩遊戲就是孩子的生活，孩子能在遊戲中學會各種道理。

有一天，我去伊勢志摩畫畫時，路邊有一群小朋友正在唱數字歌。我聽了一陣子，發現他們只唱到五就沒了。

2 作者注：關於「最遠平面」，可參閱《生物看世界》（日文版書名為《生物から見た世界》，原文版書名為Streifzüge durch die Umwelten von Tieren und Menschen），作者為Jakob von Uexküll。

「為什麼只唱到五呢？」我問。

「因為我們只學到五呀。」小朋友們答道。

「那麼，要不要試試看唱到十？」

在我的提議之下，小朋友們開始腦力激盪，完美的押韻唱到了十。這就是孩子的潛力。

此外，孩子能繪聲繪影的說出天馬行空的話語，也能在規則嚴明的遊戲中（例如棒球）想出對自己有利的規則，並認為那樣才是對的；玩著玩著，孩子也學會了各種「生活的智慧」。

在幼兒園或托兒所，上課就是玩遊戲，但是在小學，讀書也是上課的一部分。在我跟我兒子的年代，除了學校，我們還能在柑仔店見世面。

小時候，我在柑仔店玩過抽抽樂（小時候我在神戶待過一個夏天，當時的柑仔店，每家都有這種博弈型商品）。但是，無論我抽多少次，就是抽不到頭獎或二獎。

為人父後之後，我在東京御徒町的阿美橫丁[3]看到有人賣抽抽樂，就買回家給小孩玩，每天讓他們抽一次籤。孩子們完全不知道爸爸把頭獎跟二獎藏起來了，玩得不亦樂乎。以前柑仔店的抽抽樂，就是這種玩意兒。

柑仔店就是孩子的全世界。我長大後，還是會想起那間可疑、甚至有點不衛生的柑仔店，懷念當年的花枝腳、魷魚乾、肉桂糖跟紅豆糰。父母當時不贊成我去（因為不衛生），可是即使長大了，我還是跟小時候一樣嚮往柑仔店，那是我無法忘懷的世界。我跟小孩聊過柑仔店，他們也念念

3　東京著名的露天市集之一，位於山手線上野至御徒町間高架路段的下方及西側道路。

不忘。

離題一下，現在的日本，可說是全世界最乾淨的地方。大家三不五時消毒，愛乾淨到潔癖的地步。除了日本，全世界找不到這樣的國家。

或許有點不衛生，但我認為有時不要消毒過頭，才能獲得免疫力。

聽說最近的孩子愈來愈不玩耍，而家長也不鼓勵孩子玩耍。因為，只要孩子的生活符合家長心中的「那把尺」，家長就放心了。爸媽希望小孩多讀書，於是紛紛送小孩去補習，導致補習成了孩子生活的一部分。

可是孩子的玩耍就是一種「學習」。每個孩子都必須上學，大家都認為這就是學習，但大多數狀況下，將大人對「學習」的觀念套用在孩子身上，根本是大錯特錯。

大人當然需要顧好孩子，但是管太多，就會將孩子綁死。孩子需要自己的時間跟自己的世界。跟孩子的世界比起來，學校只是表象，他們自己的世界才是真實的。怎麼說呢？老師說：「來打棒球吧！」然後全班在學校一起打棒球，相較於一群孩子自動自發一起打棒球，玩起來的感覺就是不一樣。孩子能藉由真正的玩樂，學習到寶貴的道理。

『あいうえおみせ』より

《AIUEO商店》

あめや

いしやきいもや

いしゃ

ろくろや

（上頁圖）

上排：（由左至右）
糖果店、烤地瓜攤、宅急便、煙囪店、桶子店

下排
診所、陶藝店、花店、蜜豆店、掃帚店

大人的言行，孩子都看在眼裡

我二十三歲時，曾經在山口縣德山市（現在的周南市）擔任國小代用教師[4]。我接下了三年級，當時抱著「好想多教些什麼給孩子們」的心情，回想起來，當年的我真是個熱血教師啊。戰後根本沒有課本這種東西，都是到了上課當天，才絞盡腦汁思考「今天要教什麼」。當然，我教的不只美術，音樂、體育也得教，可謂包山包海。之後，我在緣分的牽引下來到東京，考上東京的教師資格，成為美術老師。

看著孩子，我總覺得「小孩真是不能小看啊」。現在我也常常這麼想，簡單說來，連三歲的孩子都懂得顧形象。

4 日本在二戰前後，學校會聘雇職稱近似「助教」的「代用教師」，以彌補師資不足。

例如，面對相機鏡頭時，孩子會自然而然擺起ＰＯＳＥ。這表示即使是很小的孩子，也會在意他人的目光。

我家的小寶寶看過幫傭太太用腳按電扇開關，有一次，他來到電扇前，竟然往後轉，用腳趾按開關。

大人的言行舉止，孩子都看在眼裡。所以，他們很會演戲，而且演得愈來愈好，甚至連老師喜歡什麼答案都知道。

回顧以往，我們小時候也是這樣。大人的大道理聽久了，自然知道要怎麼裝乖，也知道「不能在走廊奔跑」——學校自治會的常用句。真正的小孩會在走廊上奔跑，然後嘴上又同時說著「不能在走廊奔跑喔」。這也是一種幫助自己在成人世界中活下去的「生活智慧」吧。

各位應該都聽過父母對小孩說「跟叔叔阿姨打招呼」吧？大人一聲令下，小孩只好不甘願的說「你好」，有些孩子愛理不理，有些則很有禮貌。不過，我覺得小孩愛理不理很正常，讓他們做自己就好。我認為這就是「孩子」。有些人認為一定要管教小孩，但管不管教又有什麼關係呢？我討厭「管教」這種想法。與其逼小孩快點長大，不如讓他們充分享受兒童時光，自由成長。直到有一天，孩子會自己想通「有禮貌好像比較好耶！」的道理。

我家小孩從四歲開始在牆上塗鴉，塗呀塗的，塗到都沒地方塗了（我都告訴自己：反正以後再重新粉刷就好）。結果重新粉刷後，他反而就不塗鴉了。

如果孩子成為大人理想中的完美兒童，會發生什麼事？做什麼都「有規矩」、說什麼都「有禮貌」，一個教養十足的小孩，我覺得好噁心。

《草原上的小木屋》[5]當中的媽媽，就是家教嚴格的典範。住在荒郊野外的小木屋，學那些禮儀到底給誰看呢？

我拜訪親友時，遇過幾個禮貌周到的孩子，但我覺得禮貌不周到也沒差；嘴巴不甜沒關係，只要看得出來歡迎我就好；收了禮物不太會道謝，無所謂，看得出來心裡開心就好。如果大人期待孩子表現得乖巧有禮，然後再誇獎孩子，那就是大人的錯。

有些大人不接受家教不周到的小孩，但我喜歡那樣的孩子。

關於說謊

有一次，孫子問我：「爺爺，你很強嗎？」我回答：「嗯……不知道耶。」結果他很失望。完了，早知道就說我很強！看來，孩子很崇拜強者，希望能有個強者來保護自己。

「說謊」是孩子的生活智慧。孩子知道跟全世界（多半是大人）比起來，自己很弱小，所以會依賴強者，但同時也對強者有戒心。

孩子沒做功課、沒做到父母交代的事情時，會「說謊」自保。「因為我肚子痛」、「因為媽媽叫我去買東西」，這些謊言都是藉口，而且他們說得很認真。那麼，孩子說謊時該怎麼辦？一旦謊言揭穿，我認為只能罵了。

5 作者注：《草原上的小木屋》（*Little House on the Prairie*）描寫美國西部拓荒期，英格斯一家在大自然中茁壯成長的故事。作者是蘿蘭．英格斯．懷德（Laura Ingalls Wilder），插畫是加斯．威廉斯（Garth Montgomery Williams）。

「說謊」究竟好或不好?這實在很難界定。

「善意的謊言」這種說法，說穿了就是大人敷衍了事;而「小時候說謊，長大當小偷」這種諺語則是大人的歪理。而且呀，說謊的大人，也得面對謊言帶來的破壞。

然而，說到「藝術」，多少都有些「說謊」的成分，不論戲劇或繪畫都是，無一例外。戲劇本身就是一場「謊言」，演戲的人跟看戲的人，都知道這點。

若真要深究起「謊言」，世上的「真相」其實很少。「真相」就是實際發生過的事情，想要傳達真相，勢必得轉換成語言——也就是轉換成資訊。資訊再怎麼接近真相，終究不是真相。真相會逐漸變成過去發生的事，儘管能化成資訊記錄下來，還是很容易混雜非真實，然後變成真正的謊言。

有一派思維，認為繪畫愈接近實物愈好。

日本有位野田弘志[6]先生，畫風相當精緻，作品極度寫實。但是別人學不來。無論他是「將看到的世界畫成一幅圖」或是「畫出他想呈現的世界」，那都是他的「作品」，而不是「實景」。

繪畫並非畫得像就好，而且每位畫家各有風格，畫出來絕不會跟實物一模一樣。簡單說來，「藝術手法」就是一種「謊言」。

6 作者注：野田弘志出生於一九三六年，畫家。喜歡仔細觀察模特兒或景物，畫成極度寫實的畫作。

4にんの　おうさま
いや　8にん　だったかな
おうさまたちは
どちらが　さかさまか
もう　なんびゃくねんも
かんがえて　いるのです

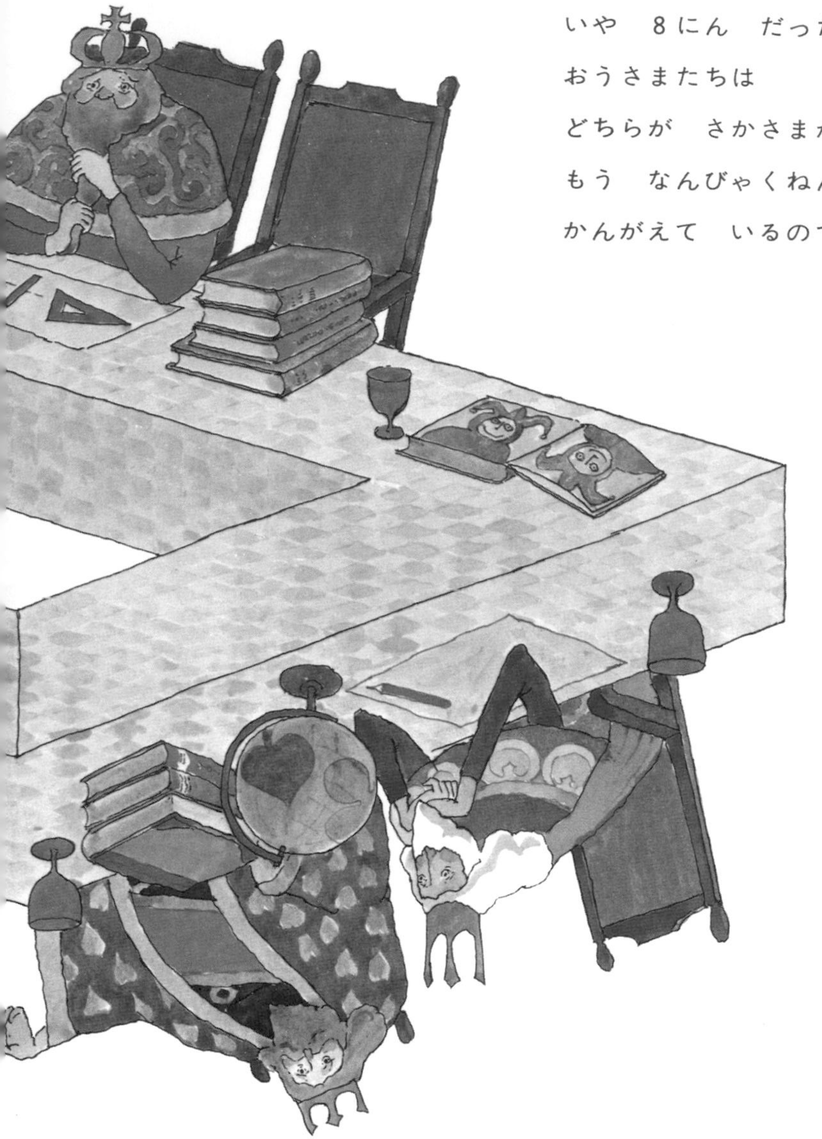

『さかさま』より
《顛倒書》

（上頁圖）

有四位國王。
不，應該是八位國王吧。
國王們想不清哪邊顛倒了，
想了好幾百年。

大人拿小孩出氣？

其實說起來，小孩真的很常惹大人發飆。那樣的時刻，罵孩子也就罷了，但若是揍了、打了，會造成孩子的心靈創傷。我連一次都沒有揍過小孩。

當你「不小心罵了孩子」，請好好想一想。

仔細想想，就會發現其實大人多半只是拿小孩出氣。例如：在家晾衣服或出門購物時，孩子妨礙了我；或是明明很忙，卻不得不在孩子身上花時間；大人發飆，八成都是感到孩子妨礙了自己。

我想，很多人都會以「孩子需要成長」為由，責罵小孩。

我本人很討厭「管教」，所以不太罵小孩，但假如小孩傷害其他孩子，或是欺負其他人，這就該罵了。

成長的階段

孩子會從「少年少女期」成長到「青春期」。這段期間的變化大得驚人，當年，我有些同學甚至早早就長了鬍子。

我認為「少年少女」階段，就是「活在父母掌控之下」或是「乖巧聽話」的時期；而「青春期」，則是「覺得做壞事很酷」或是「知道這樣做不好，但是別人愈禁止，我愈想做」的危險時期。談到「青春期」，說穿了就是「學會抽菸的時期」。他們想早一刻變成大人（在此我只是借用香菸這類危險物品來比喻，跟抽不抽菸沒有關係）。回想當年的自己，每次老師找我問話的時候，我總是膽戰心驚，而這股刺激感，讓我覺得自己活像個英雄。只是此處所指的英雄，不是「拿破崙那種英雄」，而是負面英雄，簡單說就是「退學了就是英雄」。

先不論好壞，我認為這是孩子成長的必經過程。

如果孩子在「青春期」放棄走正道（例如用功讀書），可能會故意跟老師唱反調而走上歧途，想在歧途中找出意義。我就曾經目睹好友走上歧途。他退學後，有一天我去他家玩，臨別時哭了出來。還有個好友年紀輕輕就自殺，而我從頭到尾都不知道原因。當年的我年紀尚輕，無法想得太深，只覺得「好可憐」。

順便一提，我不喜歡青春期的高中生。因為我從他們身上看到自己的影子。我不是什麼模範高中生，所以很討厭想起當年。真正的自己跟理想中的自己差距太大，明明想當個更好的青年，想朝那方向努力，卻變成了另一個人。

「青春期」是從小孩變成大人的轉捩點，這年齡層的初期到中期，正是孩子開始對人生的價值觀產生懷疑的時期；大人該如何對待這階段的孩子？我覺得是個棘手的問題。

吊車尾的自尊

近來，孩子是不是很少有機會體驗現實的嚴苛？孩子的世界也會發生很多事，好事壞事都有；孩子在當中跌跌撞撞，才能愈挫愈勇，逐漸成長。然而，家長不知道這點的重要性，意圖集結眾人之力，打造一個理想而和平的園地。乍看之下完美無缺，其實只是假象，孩子的社會不僅有霸凌者，也有被霸凌者。

這話聽來殘酷，但是在生活中經歷風浪，將幫助自己未來走得更穩健。就拿我本人的經驗來說，與其長大以後才體驗懊悔跟屈辱的滋味，不如小時候先嘗過一遍，然後再長大成人。

為什麼小時候比較適合？因為小時候的屈辱所造成的創傷，日後還能復原；說起復原速度，小時候可能一天就能復原，長大之後，說不定得花上一年。（話說回來，霸凌也有輕重之分，而對於被霸凌的孩子來說，那是非常嚴重的問題。如果遇上霸凌，我個人認為，不去上學也無所謂。）

我是三月二十日生，在班上是最晚生的[7]。別說運動會，連成果發表會也沒機會出場。班上有些人早生，有些人晚生，兩者之間差距將近一年。國小的一年差距，差別可大了。

我是運動會賽跑中的最後一名。明明只要默默跑就好，為了掩飾尷

7 日本學制的新學期是四月一日開學。

尬，我只好笑著跑。我永遠不會忘記自己在眾目睽睽下笑著跑步。所以我討厭運動會。當上老師後，我看著跑最後一名的孩子，就好像看到當年的自己，覺得好難受。然而，久而久之，我開始覺得：其實吊車尾也沒啥不好啊！總會有人吊車尾，墊底的人會笑著掩飾尷尬，也會感到丟臉、難過。人就是這樣跌跌撞撞長大的。

不過，最近的主流思維是——吊車尾很可憐，應該來想個辦法。有個案例是先辨預賽，然後讓速度相同的孩子們同組，比賽時全組一起跑。可是，這樣還是會有人吊車尾。

該說是保護過度嗎？大人想避免孩子感到難受，但我認為這樣反而不好。此外，如果孩子吊了車尾，也不要隨便安慰。什麼「你跑完全程了耶」、「我們來幫你拍拍手」，聽了就討厭。

我討厭運動會，也討厭做體操、討厭團康遊戲，到現在還不會跳社交舞。可是，那段笑著跑步的悲傷往事，卻是難能可貴的寶貴回憶。那張掩飾尷尬的笑容，是多麼珍貴啊。

「不能當一個贏了就得意洋洋，輸了就哭哭啼啼的人。人生在世免不了競爭，現在的你不是為了拿第一而跑，而是為了長大後，贏了不會過度得意，輸了仍擁有不被挫折打敗的自尊心——成為一個這樣的大人。」以上，是我幻想中的帥氣演講。

對孩子而言，「現在」最重要

孩子不寫作業是老師的責任，不交作業也是老師的責任，但話說回來，批改作業也是一件大工程。現在想想，以前老師會要求我們回家寫生字，例如：今天回家後，每個字寫二十遍之類的。然後我們就分解漢字，一筆一劃的寫，跟機器一樣寫一大堆，但也多虧如此，現在我還記得漢字怎麼寫。有些年齡層學字就是比較容易，小時候就是如此。樂譜也是，長大後就難學了。

圍棋跟將棋應該也差不多，我覺得小時候學的東西，長大後也不會忘記。兒童時代跟大學時代比起來，實在是重要多了（不過，了解這一點的人卻很少）。

孩子還是自由自在的生活比較好。不過，我也認為有些事情最好趁小時候做。大人總是說：「小孩子不懂現在（小時候）先做有多重要，但我們是過來人，我們懂，快趁現在趕快做。」但孩子就是不做。不過，這也無可厚非。

孩子只顧著當下的事情，很正常，或許孩子的生命力就是如此。

人長大之後，常常會哀嘆：要是小時候先做就好了。可是，孩子不做又怎樣？家長實在不需要哀聲嘆氣。大人只看重未來，完全不重視現在，從孩子眼中看來，簡直就是猴急。

我記得很清楚，一九六九年七月二十四日，登月成功的阿波羅十一號太空船即將降落在太平洋；我好想讓兒子也見證這歷史性的一刻，於是去學校接他。當時是暑假，他在國中練桌球，我說：「先去看阿波羅降落，看完再練也不遲啊。」他回答：「比賽快到了，現在不練，哪能出場當選手？我還得收拾器材跟打掃呢。」

我深深反省了一番。那一心想成為選手的心靈是多麼純淨，相較之下，想帶兒子去看阿波羅降落的父親，真是太膚淺了。我在返家路上邊走邊想，內心毫無遺憾。這只是一個例子，我相信類似的事情還有很多。

親子間的關係，應該就是由這類小事串連起來的吧。

為什麼希望孩子看書？

如果直接叫孩子「去看書」，說不定會害孩子討厭書本，家長實在很難為；但若小時候不愛看書，長大後就更難養成看書的習慣了。看書跟閱讀速度大有關係，而且眼睛必須追著文字跑，所以我總覺得：看書不就是一種運動天分嗎？

我從小就在書本的圍繞下長大，因此養成了閱讀的習慣，現在也不例外（身旁沒有書，我就靜不下心）。

我在國小時喜歡上閱讀。起初我在意的不是書的內容，而是覺得「看書」這個行為很好玩。怎麼說呢？我喜歡眼睛跟手指、文字合而為一的感覺。書上寫著「蘋果」，我就會一字一字的邊看邊指「蘋、果」，心想：「是蘋果！」明明看不懂「蘋」跟「果」，某一天我突然恍然大悟，啊，它們是同一組的，是「蘋果」！然後覺得好開心。類似的經歷，我也在自己的孫子身上看到了。

當年一本〈少年俱樂部〉雜誌是五十分錢。我從頭到尾讀得滴水不漏，連書末的雜誌中獎名單都不放過。

我家附近有基督教教會，每每我去牧師家說：「不好意思，我想借書。」牧師總是一口答應。院子另一頭有個房間，我喜歡在那裡躺著看書，好不快活。

我家是旅社，一旦有客人忘了將雜誌或書帶走，我就會心想：賺到了！然後讀個痛快。有些書很艱澀，有些地方看不懂，但我還是看得很開心。有些字明明不懂，說來奇妙，我卻覺得自己好像看得懂。

大家常說：透過書本，我們得以跨越時代與世界的隔閡，和作者對話。不僅如此，光是搬出馬克・吐溫跟安徒生，我們就能跟陌生人聊起來。看書並不是為了聊天，但是同一本書的讀者，卻能藉由書本產生認同感。能夠與別人共享相同的感動、相同的理解、相同的語言，這種「共鳴」，多麼令人開心啊。

大人為小孩選書，很容易選到為了賺人熱淚而特意感人的故事。不過，我希望盡量不要讓孩子看那類過度美化的書。為什麼呢？因為那幾乎都是虛假的。我覺得還是能寫出真實的書比較好。

孩子很了解大人，連寫作文都希望老師稱讚「你真懂事」，所以總會美化內容、加油添醋。明明只要照實寫就好，他們卻覺得不美化一下怎麼行。一旦那樣的文章受到稱讚，孩子愈來愈懂得怎麼寫才能討師長歡心，他們甚至會開始犧牲朋友，說出「我覺得某某同學錯了」這種話。所以我才討厭那類故事。

宮澤賢治的《夜鷹之星》（よだかの星）、有島武郎的《吞下棋子的小八》（碁石を呑んだ八っちゃん）、吉野源三郎的《你想活出怎樣的人生？》、蒙哥馬利的《清秀佳人》，都是些不刻意美化、不造作的作品。我想，無論是小學生或大學生，都能讀出箇中滋味。

第二章

思考「學習」

孩子的學習，是學校的責任嗎？

我認為「自動自發」的學習，是很重要的。學習的基本，就是「自學」。

在義務教育的時代，老師出什麼功課，我們就寫什麼作業，這只是完成「別人交代的任務」而已（說來也是無奈）。完成別人交代的任務之餘，若能投入自己有興趣的事物，那才是真正的學習。

在所有的學習當中，沒有一項是「馬上就能派上用場」的。學校的教導與拜師學藝不同，很少能讓人立即學以致用。

說來遺憾，考試拿高分已淪為現今中等教育的目的，也是老師評價學生的標準。

有些人認為大學最重要，但其實大學只是一段過程。我希望更多人知道這件事。

大家很喜歡將人分門別類，說這個人是理組的，那個人是文組的，實在沒什麼意義。難道大學進了文學院的人，個個都非得成為文學專家不可嗎？

文學院或理工學院，只是一塊敲門磚。學校教導的知識不會帶你通向職場，卻能指引方向。儘管知識無法立刻學以致用，將來肯定能以不同的型態，為你的人生派上用場。

在大學與技職專校當中，有設計師學校、有演藝學校、有教人如何當編輯的學校，而有些學校集結了眾多孩子的夢想。不過，學校並不能保證畢業之後，就能當上設計師或編輯。

各位千萬不要對學校抱著太高的期待。我認識一個孩子，由於老師對他愛理不理，最後竟然轉學了。其實大可不必這麼做呀。

在學校，有些部分是「老師教導」，有些則得靠「自學」。坦白說，我覺得「不自學，就等於白學」。

大學老師聽了我這句話，連忙要我「務必告訴學生這個觀念」。我們去學校，其實是為了找到自己想做的事情。

雖然我說學習的基本是「自學」，但建議各位還是要去上學。學校，是結交畢生好友的地方。

小學好友知道彼此的優缺點，而且即使知道朋友的祕密，也不會到處亂講，就這麼保密好多年。如此難能可貴的友情，日後是很難遇到的。我也有幾個從小到大的老友，彼此之間掏心掏肺、無話不談。只有小時候才能交到這種朋友，就算長大了，還是能對彼此說出不為人知的心事。相較之下，長大之後所交的朋友，就很難分享祕密了。

數學的重點是快速解題嗎？

我推出「進入數學世界的圖畫書」系列繪本時，不少人驚訝的問：這是數學書嗎？

這也難怪。畢竟，當年市面上從未出現畫著豬跟烏鴉的數學書。

其實，我原本的用意並不是做「數學繪本」，而是希望孩子們能藉由這系列養成習慣，將這套思維運用在數學及其他所有學科。因此，其實我自己也很擔心這系列能不能稱為「數學書」，於是請教了數學家遠山啟教授[8]。

遠山教授首倡自來水法[9]，在數學教育界投下一枚震撼彈。然而，由於不符合當時的文部省[10]政策，他設計的教科書無法通過審核，於是與文部省展開一場「何謂數學」的論戰。

遠山教授最初就讀於東京大學數學系，因為不喜歡數學老師，與老師處不來，只好休學在家自修，讀了四年的巴爾札克[11]。後來，他覺得數學還是得上大學念，居然又重考進了東北大學數學系。這年頭，要上哪兒找這樣的人？

這位遠山教授對我說：「數學就是思考前因後果的學問，所以這是數學書沒錯。」

數學就是「梳理前因後果，然後思考」的學問。

---

8 作者注：遠山啟（一九〇九～一九七九）。數學家。致力於改良日本數學教育，對教育現場產生莫大影響。作品繁多，寫了許多專為兒童設計的數學書。

9 作者注：原文為「水道方式」。遠山啟所提倡的數學思考法。主張以筆算來掌握量化的數字。

10 管轄日本教育、文化、學術的政府機關，二〇〇一年變成文部科學省。

11 巴爾札克（Honoré de Balzac，一七九九—一八五〇），十九世紀法國作家，知名作品有《高老頭》。

『はじめてであう すうがくの絵本 2』「くらべてかんがえる」より
《進入數學世界的圖畫書（第二冊）》內頁〈比一比、想一想〉

就拿超市店員來說吧，店員學數學，並不只是為了算數。

孫子國小四年級時，我覺得自己也該來學習一下，於是跟他一起算數學。大約有十題計算題，當中混雜了大括弧、中括弧、小括弧，而且不是□＋○＝△△這種簡單的問題，每個數字旁邊都有X，看了就眼花，非常棘手。我孫子定期參加知名的數學指導會，解起題目毫不費力（小孩的腦袋真是靈活啊），甚至還老神在在的對我說：「爺爺，你寫錯囉。」但這些全是算數的反覆練習，稱得上數學嗎？

我認為，數學應該是不斷思考的學問。然而，在一般人眼中，數學就是算數。

在《進入數學世界的圖畫書》當中的〈比一比、想一想〉單元，主要是思考「哪裡不一樣」，但換個角度，同時也是思考「哪裡一樣」；我希望能讓孩子跨越盲點、靈活思考。數學題目的基礎，幾乎可說全部建立在「比一比、想一想」。孩子不擅長的高年級應用題，只要善用「比一比、想一想」，解起來就輕鬆多了。其實，解題的關鍵，經常藏在兩者的「共通點」之中。

【簡單的練習題】我們來想想以下各題吧！

①請用五公升與三公升的量杯，量出七公升的水。

②該如何用一升的量杯（十合），量出五合的米？

③一個懷錶加上金鏈是一萬五千五百圓，加上銀鏈是一萬三千九百圓。如果各買一條金鏈與銀鏈，兩條鏈子合計是五千四百圓。請問懷錶多少錢？

在《進入數學世界的圖畫書》中，有些問題很難，有些問題依據思考角度不同，解答也不同。給予許多提示、引導孩子解決問題，說穿了只是給予他一項知識；反之，若孩子自己找出答案，即使答案是錯的，他也學會了「梳理前因後果」、嘗到「發現的喜悅」。伴隨著感動所學來的道理，孩子是永遠忘不了的。

用自己的力量發現答案的喜悅

我有一本書叫《森林繪本》[12]。也是一本沒有文字的繪本，翻開書頁，是一幅幅森林圖畫，有樹葉、樹枝，還有藏在草叢裡的許多動物。

我曾經親眼目睹，有個孩子讀著這本書，旁邊的大人卻沒耐心等孩子找出躲在森林裡的動物，於是拚命告訴孩子哪裡躲著什麼。這本書的樂趣明明在於自己尋找新發現，一旦告訴孩子，等於剝奪了他發現的喜悅，大人卻渾然未覺。

然而，大人卻喜歡給提示，甚至還模仿動物的叫聲說：「喏，想想看啊，什麼動物會哞哞叫？」這還不打緊，連「喏，把書倒過來看看呀」這種話都說出來，真是太可惜了。大人給答案跟孩子自己找到答案之間的差別，就好像月亮跟鱉的差異。對孩子而言，自己找到了答案，是多麼無以倫比的喜悅呀。

12 作者注：《森林繪本》（もりのえほん），收於福音館月刊書《兒童之友》一九七七年十月號。後來獨立成冊。

『もりのえほん』より

《森林繪本》

岔題一下，當哥白尼發現「不是太陽繞著地球轉，而是地球繞著太陽轉」時，應該感動到不行吧。

靠著自己的力量發現新知，必定伴隨著某種驚喜。

問答題跟謎題的差別

從已知事物中得出解答，叫做問答題（Quiz）。因此，如果本來就不知道的話，只能舉雙手投降。

反之，即使完全不知道答案，也能透過思考得出解答，就叫做謎題（Puzzle）。面對謎題，只要努力求解，總能得到答案。

【問題】有十二顆球，每顆球的外觀完全一樣，但只有一顆重量不同（可能較重，也可能較輕）。請找出重量不同的球是哪一顆，但最多只能用天秤秤重三次。

這種就是謎題。這個題目設計得很好，一開始可能完全不知道從何解起，但還是能繼續思考下去。

我認為，學習最好就像解謎題。說出死背的答案跟當場思考、作答，差別是很大的。當場絞盡腦汁、抽絲剝繭，逐漸解開謎題，是非常有趣的一件事。

有些人為研究問答題而鞠躬盡瘁，但我實在不懂，這麼做到底有什麼好處。以前學校出過一次作業，要我們死背各縣市的縣市政廳所在地，但我實在不擅長記住陌生的城鎮。

機智問答跟考試就像記憶力大賽，有人甚至背了十萬位數的圓周率，得到世界冠軍。以前我遇過背了好幾百位數圓周率的人，覺得超級傻眼。當時我沒說出口，其實我內心暗想：好空虛喔……背這個能幹麼？大概一點用處都沒有吧（當然，有些學科即便沒有直接用處，依然是優秀的學門）。

我不是說默背不好。例如學校的老師，他們得記住班上每個學生的名字，才能分辨每個孩子的不同。先記住名字，接著才能心靈相通。

動物生態學者今西錦司博士[13]曾說，他看到蒙古人為山羊取名，說這樣才能分辨每隻山羊，令他大開眼界，於是決定效法蒙古人。後來，他成功辨別每隻山羊，因而能仔細觀察出不同山羊的行為模式。

問答題跟謎題的有趣之處截然不同，因此無從比較。不知道問答題的答案，查一查就知道了。如果說出死背的答案很有趣就算了，在大腦一直儲存記憶，存到後來，能得到什麼？

謎題的答案，就算查也查不出來。連如何查起都不知道。好，那就去問知道答案的人……可是問了就不好玩啦。這樣哪有「獨立尋找答案的喜悅」呢？

「知道」不等於「了解」，但無論大人小孩，似乎都認為「知道」是一件很有意義的事。答題快速的孩子會得到讚美，而看起來猶豫不決（其實是在思考其他解答）的孩子，大人會貼上不成材的標籤。「知識量」成

---

13 今西錦司（一九〇二～一九九二）。動物生態學家，人類學家，登山家。日本靈長類研究的先驅。

了衡量人類的標準，自己仔細思考而無法立刻回答的孩子，卻被認為不夠優秀，這是不對的。

「我喜歡思考，但是考試成績、運動競賽樣樣不行，老師跟同學都認為我是學校的吊車尾。」知名英國首相溫斯頓．邱吉爾曾經如此說道。

學校的考試為了方便處理與評分，難免有些需要死背的題目。可是，那樣算考試嗎？我曾經想過，如果能出二十題很厲害的謎題來當作入學考試，一定很不錯。

事實上，從近年的新聞[14]，還真的看到了這樣的風氣。未來的入學考，將不再測試學生知道多少、記得多少，而是考驗學生的思考能力。這方法很理想，但評分將變得極度困難。政府試過很多種入學考制度，不過制度最好不要太常改。如果今後不再改制度，我就贊成這套方法。否則，那些埋首唸書應付考試的孩子們，豈不是白白浪費了青春？

美術課的意義

我曾與雕刻家佐藤忠良先生合力編了一系列「兒童美術」[15]教科書，當中有這麼一段話。

致本書讀者：

美術課的目的，並不是要大家畫漂亮的圖、做漂亮的東西。

與其在意漂不漂亮，不如忠實畫出、做出自己看到的東西，思考

---

14 作者注：二〇一七年十二月五日的《朝日新聞》，標題為：拋開死背，著重思考的大學入學考。

15 作者注：「兒童美術」系列（子どもの美術），美術教科書，主要編撰者為佐藤忠良與安野光雅。一九八〇年代由現代美術社出版。本文中的那段話引用自其中一冊《兒童美術（下）》（子どもの美術下，一九八六年發行）。

的事情。

只要認真畫畫、創作，不僅技巧能變好，也能培養自己的感性。秉持這項原則，你就能了解自然的偉大，也能知道自己該成為怎麼樣的人。

這才是美術課真正的意義。

繪畫是自由的。以前當老師的時候，我一直覺得為畫畫評分是一件怪事。一般來說，如果畫得不寫實、不逼真，就拿不到高分，可是每個人對繪畫的喜好不同，根本沒必要非畫得十分逼真不可。說起來，繪畫本來就不是能評分的東西。

佐藤忠良先生在《致年輕藝術家們》[16]一書中，曾說：「讓他們看一流的東西、聽一流的聲音，久而久之，自然能打造一套自己的標準。親眼目睹、親身接觸，培養自己的標準，這是非常重要的。」

我也這麼認為。

編撰「兒童美術」系列時，當時很流行將孩子的作品刊在教科書上，可是光是刊載小朋友的作品也不太夠，於是我們也刊載了杜勒、畢卡索、梵谷的作品。一本集結傑作的教科書，就這麼誕生了。

美術作品是文化的結晶。畫家在創作時注重的事物、當年的宗教信仰，以及生活樣貌，都能由繪畫略知一二。欣賞圖畫，或許就跟閱讀歷史書一樣。

---

16 作者注：《致年輕藝術家們——渴望「平凡」》（若き芸術家たちへ―ねがいは「普通」），佐藤忠良，安野光雅著（中公文庫）。

一幅圖，只要看過一次，就能在腦中反覆咀嚼、回味，而且還能藉此思考許多議題。因此我建議各位，即使不畫畫，也不妨多到美術館走走。

向大自然學習

隨著四季更迭，日本的大自然也有千姿百態。當我們凝視大自然，它也會以無比震撼的方式，展現出萬物的生命力。

有一次，我在松本市的偏僻鄉村，遇見一群來山村留學[17]的五六年級孩子們。他們一邊玩鬧，一邊開開心心的走路。或許是我的個人偏見吧，總覺得他們跟待在都市的孩子比起來，顯得有活力多了。

實際接觸而理解，相較於看了電視而理解，兩者是不一樣的。看著電視節目紀錄片裡的鄉村影像，看著某人說著「空氣好清新，鄉下好棒喔！」；實際走在大自然中，看花開、聽鳥鳴、看著雨水滲入地面、聞著森林中的氣味，親身接觸體驗——兩者的感受方式，可說是大大不同。

雖然大家常說這年頭的小孩愈來愈喪失野性，只要讓孩子直接接觸鳥、蟲、牛、馬之類的動物昆蟲，就算最初不習慣，久了就習慣了。既然要接觸，就接觸實物。硬要說的話，比起「接觸」自然，「融入」自然才是更適合的說法。

我是拿畫筆的人，因此常常到處旅遊寫生。當然，我也能看著照片畫圖，可是親自到場感受樹木再下筆，畫出來的圖也截然不同。

---

17 一種讓都市的國中小學生到鄉村居住，體驗大自然的活動。

讀書是有趣的

我在法國認識一個叫做舒貝克的學生。如何相識的呢？因為我在日本偶然認識了一位民俗學家普爾涅先生，是他幫我安排的。「〇月〇日約在傷兵院的塔下，十二點整，會有個叫做舒貝克的學生過去，請他帶你逛巴黎吧。」

舒貝克來自維也納，是來法國唸書的學生。我的英文很爛，不過我倆還是能勉強溝通。

舒貝克帶我逛了很多地方，後來他說差不多該回去讀書了，我答：「讀書很重要（important），去吧。」分別了一會兒，舒貝克又走回來，對我說：「讀書不是重要（important），而是有趣（interesting）。」我隨即心想：「啊，對耶。我居然講那種話，糗了。」接著，我深深覺得

「嗯，讀書真是interesting啊」。

他並不是為了蹺掉課業，才帶我這個日本男人逛法國，而是自己思考過後覺得有趣，所以才來的。「學習」是一件有趣的事。我從他身上學到了這一課。

做學問，本來就應該是源自於興趣，如果只是為了應付填鴨教育的考試而讀，就一點都不有趣了。學校之所以無聊，就是因為上課都在教「考試」。若是有什麼好方法，能對付「考試」這甩不掉的束縛就好了。

第三章

「獨立思考」的訣竅

那些我們放棄思考的事情

這陣子的氣象預報，除了報氣象，還會說些其他的話，例如：「明天有可能下雨，建議您出門帶把雨傘。」

氣象預報只要說明天會下雨還是放晴就好，有時卻勸觀眾「出門多帶件衣服」。他們大概覺得這樣很貼心，但其實，這應該交由觀眾自己思考。

假如觀眾真的照預報員所說的「出門多穿一件衣服」，萬一覺得熱，鐵定抱怨連連。可是，要不要多穿件衣服，其實取決於自己；畢竟只是氣象「預報」，沒人能百分百肯定。無論電視怎麼說，請務必記得獨立思考。

有些人主張「做哪些運動對腰痛最有幫助」、「吃什麼東西對健康最好」，一問之下，原來都是「電視上說的」、「聽別人說的」。他們對聽來的偏方沒有半點懷疑，別人說好，他們就信了。在日常生活中，常有人對電視或報紙的說法深信不疑，放棄了思考。

請各位想想，有哪些事情你也「視為理所當然，放棄了思考」？

有句諺語叫「溺水的人連稻草也緊抓不放」，說得真是太好了。意思是人遇上困難時，連沒用的東西也當作救命法寶，這句話幾乎可以套用到世上的每一件事。

商人很擅長利用這種心態。簡單來說，賣稻草是穩賺不賠的無本生意，當然要賣個夠。為了將稻草賣出去，得先讓消費者溺水；而抓住稻草的人，根本看不出那是稻草。回顧以往，這種事屢見不鮮。

例如「看起來更年輕」這文案，我就覺得怪怪的。

有些廣告標榜「用了這乳霜，能讓您看起來年輕十歲」，我看了不免暗想：「看起來更年輕要幹麼？不同年齡有不同年齡的美啊。」廣告商先灌輸消費者「看起來年輕比較好」的想法，讓消費者溺水，再推銷稻草給消費者，而我們對此渾然不覺。

消除細紋的乳霜或減肥藥，如果效果真的那麼強，那才可怕呢！要是真的一用見效，我對這些產品就會更有戒心。事實上，還發生過有人用了美白產品後長出白斑的事件。

當廣告商想在短時間內塞給觀眾一堆訊息的時候，似乎都喜歡端出統計圖。秀出長條圖，對著鏡頭解釋、說服，在我看來反而更不可靠。統計圖披上了一層科學的偽裝，因此更不可信。統計圖固然是科學的產物，但需要花時間檢視、消化，而廣告中的統計圖往往都是一閃即逝。

常有人問我「長壽的祕訣是什麼」，其實我並沒有特別注意飲食，也沒學什麼養生妙方，想吃就吃、想幹麼就幹麼，就這麼活到這把年紀。因此，什麼健康食品、養生商品，在我看來都很可疑。

希望各位仔細想想，自己是否輕信了馬路消息？是否有人誤導你，讓你以為某件事情很重要？

懷疑一切

每件事情，我都抱持著懷疑的態度。從小我就懷疑，上帝真的會懲罰人類嗎？真的能從血型了解一個人的性格嗎？手相如何能看出人的命運？無論是大家最想知道的未來，或是接下來會發生的事情，人們都只能想像，無法用科學佐證、解釋，所以我不相信有人能預知未來。

以前的老師說過一件事，我到現在還記得很清楚。大戰時期有份雜誌叫《寫真週報》[18]，上頭曾報導埃及金字塔裡有密道，密道的某個神祕地點會莫名凹陷、彎曲，不時產生變化，不斷向前推進。而且出現變化的時機居然與發生歷史大事的時間一致，簡直就像是在預言世界史！若是將太平洋戰爭算進去，從最後一件大事發生的時間推測下一次變化的時間點，再四年，這場戰爭（太平洋戰爭）就會結束。

我不相信這種說法，但「戰爭再四年就會結束」，就是有一種魔法般的說服力。當「渴望」與「預言」合而為一，人就會失去理智，什麼流言蜚語都當成救命稻草，深信不疑。

後來我真的去了金字塔，從入口到陵墓的通道筆直無比，根本沒有什

18　一九三八至一九四五年，由日本內閣情報部編輯與出版的週刊，目的是向國民宣揚國策。

麼彎曲之處。

現在知道「如件所述」[19]這句俗語的人不多了。什麼是「件」？看字面解說，是一種人臉牛身的怪物，據說生下來後會預言一次。

相傳戰爭末期，岡山縣某處生下了這種奇妙的牛，牠用人的聲音說「戰爭再四年就會結束」，有些人對此深信不疑。這也是「渴望」戰爭結束，而失去「理智」的例子。

主張「我思故我在」的法國哲學家笛卡兒有一本《談談方法》[20]。說來我算是現學現賣，但我從小疑心就很重。別人告訴我，在稻荷神社的狐狸神像前放油豆腐，狐狸就會吃掉油豆腐，我聽了只覺得：怎麼可能有那種狐狸啊。

《談談方法》，是一生中最令我震撼的書。

笛卡兒博覽群書，不僅閱讀歷史、科學跟數學，連天文學跟占星術也不放過，因而發想出「我思，故我在」的觀點。

笛卡兒的出發點是：「面對所有事情，一律先採取懷疑的態度。在遇見真理之前，先懷疑一切。懷疑懷疑[19]，不斷懷疑。唯有『懷疑的自己』，是唯一真實的存在。」

我們都不是「我思故我在」的笛卡兒，但至少也該試著懷疑一次吧。此後，就能學會什麼是「獨立思考」。首先，建議各位先自己想想晚餐吃什麼、穿什麼衣服、要不要帶傘，從這兒開始著手吧。

---

19 原文為「よって、件の如し」。

20 作者注：笛卡兒（一五九六～一六五〇）著。這是一本闡述所有人該如何追[20]求真理的哲學書，人稱思想獨立宣言。

つまりこのフリコは、だれもさわらないのに
一回まわったことになるではありませんか。
これはふしぎです。やはり地めんが動いてい
ることにはならないでしょうか。
35

『天動説の絵本 — てんがうごいていたころのはなし』より
《天動説》

わたしたちは、どんなに目を皿のようにしても、地球の動くのをみることはできません。ところが、長い長い糸の先に、とても重いおもりをつけた大きなフリコをつくった学者がいたのです。

このフリコを、大きくゆらしてみていました。するとどうでしょう。そのフリコは、目にみえないほどすこしずつむきをかえました。そして、夜があけてみたらずいぶん方向をかえ、長い時間がかかりましたが、とうとう一まわりしてもとどおりになりました。

（上頁圖）

人類的眼睛就算睜得再大，也無法看出地球的運轉。不過，有位學者設計了一座大型擺錘，上頭有一條好長好長的線，綁著很重的鉛錘。

他用力擺盪了一下擺錘，結果你猜怎麼了？鉛錘以肉眼看不出來的速度慢慢移動。過了一夜，移動的方向大幅改變，又過了一段很長的時間，它終於轉了一圈，回到原位。

換句話說，沒有人碰這擺錘，它自己卻轉了一圈，真是太不可思議了！地球果然在動！

培養「主見」

心靈夠堅定，就不會被他人的意見左右。換句話說，必須堅守原則，不管別人怎麼做，都要從容的做自己。

缺乏主見，人云亦云，電視怎麼說、報紙怎麼寫，都照單全收，這是很不好的事。

「獨立思考」，是正向積極的第一步。我認為，獨立自主的心態非常重要。

以前在某場簽名會，曾發生過一件事。

有個繪畫創作者，悄聲問我：「請問您用哪一種鉛筆、哪一種紙？」當時，我內心暗想：「說出來是沒差，但為什麼問我呢？自己尋找最適合的紙筆，才對自己有幫助啊。」

自己的事情自己負責，做事情若能有主見，就算失敗、失誤了，也能修正重來。然而，現代人似乎很喜歡聽從別人的意見，「爸媽說去某某學校比較好，所以我就去了」、「別人說報考某某測驗比較好，所以我就報名了」；明明大可自己作主，卻由別人幫自己決定，喪失了判斷力。

學習獨立思考與判斷，久而久之，就能養成求真的習慣，不會盲信盲從。做「學問」，就是為了培養明辨真偽的能力。

現代人逐漸失去「主見」，是一件很傷腦筋的事。沒有「主見」的人，也不會有責任感。被別人牽著鼻子走，搖擺不定，這樣的人生有什麼意思呢。

了解自己的能耐

我認為人類可以做出任何東西，但是無法創造出像昆蟲、動物、植物那類的自然生物。動物行為學家日高敏隆[21]先生曾說：「大自然太神奇了。比如大象，人類想得出大象如何用鼻子拿東西嗎？」人類敵不過大自然。不過，我們必須先了解大自然，才知道敵不過大自然。

我讀過靈長類學者河合雅雄先生的書，書中說有一種鳥叫做北極燕鷗[22]，據說這是移動距離最長的候鳥，明明沒有人教導，牠們卻知道哪個

21 作者注：日高敏隆（一九三〇—二〇〇九）。動物行為學家。專門研究動物的行為因何而起，以及該行為所代表的意義。著作繁多，多半探討動物行為，以及自己與自然界的關係。

22 學名為 *Sterna Paradisaea*。

地方是白天，在北極與南極間來回往返。

哺乳類的嬰兒也是，天生就知道要喝奶。一生下來，小寶寶就會拚命想要長大。

大自然的奧妙，令我五體投地。大自然的偉大，遠遠勝過我這個拿畫筆的人。自然界的生物並沒有互相約定，所有行為都是出於本能（基因），真令人感動。

以前我做過國語教科書，大家決定以「水」當主題。我負責畫插圖，於是讀了一篇描寫「水」的文章，結果上頭只是一逕讚美水，什麼「人沒有水就活不下去」，一點都不有趣。水也有令人害怕的一面，水能釀成水災、化為海嘯襲向人類，能量十分巨大。如果不寫出水的本質，只是寫些陳腔濫調，那有什麼意思呢？自然界的水威力非凡，人類根本不是對手。

我們必須知道自己生活在自然界，多多接受大自然的洗禮，久而久之，就會敬畏大自然，養成審美觀。

有一次，我對建造津和野美術館[23]的工匠說：「樹的年輪真美啊。」他回：「因為那是大自然花了一百多年畫出來的啊。」

我們人類也是自然界的生物，總有一天也會死。明白了這點，就知道沒必要追求長壽。學會敬畏大自然，才能知道人類的渺小。了解大自然，才能了解自己的能耐。

亟欲了解「大自然」的日高先生，應該比哲學家更了解自己。

23 就是指「安野光雅美術館」，位於安野光雅的故鄉津和野。

『旅の絵本』より

《旅之繪本》

旅行中感受到的事

我四處旅行，走過大街小巷、走過每個國家，有時邊迷路邊走，沿途寫生。看到什麼就當場坐下來畫畫，就算畫不好，心裡也覺得很充實。奇妙的是，明明花費一樣的時間，旅行時的產量就是比平時多。旅行時看到的樹木，就是能帶給我什麼樣的靈感。這項差異，使得畫出來的成品截然不同。

比起看著照片寫生，實地寫生更能受到美景的感動。看著照片畫圖固然沒問題，但就我個人而言，就算畫得出跟照片相似的畫作，感覺就是跟實地寫生的作品不一樣。舉個簡單的例子，看著某人的照片，以及跟某人實際見面，感覺就是不一樣，對吧？

我去西班牙旅行時，曾經走到一個很適合寫生的地方。當時我心想，難得從日本遠道而來，應該要找個更好的地方才對，於是繼續往前走。走著走著，我覺得還是原本那個地方比較好，於是原路折返，然而（照理說不會變的）景色卻不一樣了。好不容易走回來，真是白走了……不過，這其實是我的錯，我以為風景是永遠不變的。說起來，太陽跟雲的位置都不同，船也不可能固定在同一個地方；天氣會變，更重要的是自己的心情也會變，即使回到原本的地方，也不再是當初那幅景象了。我經常說：「寫生，就是跟風景相親。」大家聽了都笑了，不過，這不是單純的玩笑。

我在寫生的旅途中，要麼迷路、要麼找不到旅館、要麼在山中遇到大霧，吃足苦頭……旅行的艱辛說也說不完，但即使如此，實地寫生依然是一大樂事。

笛卡兒博覽群書之後，開始出外旅行。他希望能深入民間，與世人交流，學習各式各樣的道理。好巧不巧，建築家安藤忠雄先生也在廣泛閱讀後，開始旅行。他說：「自行體會各種事物，實際接觸、理解。這就是學習的真諦。」

我建議大家多多閱讀，但有能力的話，還是希望大家閱讀之餘，也能出外旅行。走馬看花也行，請務必實際見識看看，書本上所說的「真實世界」。

見識「真跡」

有一次，我真的很慶幸能看到真跡。

波希[24]是荷蘭畫家，據說老彼得・布勒哲爾[25]受到了波希的影響（雖然我不喜歡「受影響」這種說法）。我非常想看看波希的畫，於是特地去了西班牙一趟。

波希留下來的畫並不多，不過有一幅三聯祭壇畫（《人間樂園》，收藏於馬德里的普拉多博物館）非常有意思。我甚至心想：要是現代畫家也能創作這種畫，該有多好呀。

有的魚長了腳，有的魚嘴巴伸出人腳……有些東西形狀怪怪的，但怪得有趣，這一趟果然來對了。

---

24 耶羅尼米斯・波希（Hieronymus Bosch，一四五〇—一五一六年），荷蘭畫家。

25 老彼得・布勒哲爾（Pieter Bruegel de Oude，約一五二五—一五六九年），文藝復興時期，布拉班特公國的畫家。

有些人認為：像波希這種筆觸細膩的畫家，看他的畫冊不是比較好，比較能觀察細節嗎？不過，透過原畫，我們能看出畫家的精雕細琢，也能直接感受到畫作的氣勢，這是畫冊所辦不到的。

說來有點抽象，但這不是肉眼能看得到的；透過真跡，我們能看到肉眼看不見的東西。

說到底，光是畫作的尺寸就差很多了。無論是多麼大的畫冊，與原畫的尺寸終究不同。或許拿出放大鏡，大小看起來就一樣了，但依然完全不同。

當然，即使是原畫，若只是稍微看一眼，頂多也只看得出「這幅畫的顏色真美啊」。然而，若能仔細觀察，除了肉眼能看到的表象，我們還能想像畫中人物的心情、互動的模樣，以及各種話題。此外，我們也能想像創作者、畫家的心情。當然，想像終歸是想像，不過我看畫時，總會思考這些。

獨處的能力

現在的繪畫創作者，多半都是獨立作業。在文藝復興時期艾爾・葛雷柯（El Greco）跟維拉斯奎茲（Diego Rodríguez de Silva y Velázquez）的時代，都是跟門生一起創作，所以不算是獨立作業。有個詞叫做「雲中一雁」，我很喜歡。雁子總是成群而飛，卻有一隻不知是落後還是落單的雁子，獨自在天空飛翔。我這個繪畫創作者也一樣，我不哭不笑，沒有同伴也無妨。

一個人旅行很好。為什麼呢？因為一個人很自由，不需要顧慮別人。如果是團體旅遊，免不了得尊重他人意見、顧慮他人感受。但若是獨自旅行，你就能自己擬定計畫、整理思緒，思考接下來要去哪裡、要做什麼。

我不認為一個人很寂寞。以前有一本暢銷書叫做《獨自旅行的樂趣》[26]，有空的人不妨一讀。

我覺得最近好像很多人不習慣獨處。如果能愛上獨處，無論遇到什麼狀況，都沒有東西能嚇得倒你，不是嗎？

舉個例子，來談談學校霸凌吧。我認為上學很好，有些道理必須在團體中學習，但如果你被欺負得很慘，那就不必勉強上學（小說《清秀佳人》的主角安妮，也是被欺負後就不上學了）。此外，我也認為離開群體獨處的想法很好。若能養成「不加入團體也沒差」、「獨處很好」的想法，或許就能悠然自得了（說起來，其實安妮是有機會回學校的……）。

就拿喝酒的聚會來說吧，由於我不喝酒，當大家喝得酒酣耳熱時，我滿腦子只想著：什麼時候才能走？什麼時候才能走？該閃了嗎？一找到機會，我就率先閃人。

事後，我不在意別人說我「那傢伙居然先閃了」，也不在意別人說「來了也不喝酒，搞什麼啊」。只要能抱著獨處很好、不打入群體也無所謂的想法，就能無所畏懼。

從小，我就認為獨處沒什麼不好。

我曾經想過，假如老了之後不畫畫了，我會做什麼（當然，現在已經老了）？腦中浮現的第一個想法，依然是獨自作畫。

26《獨自旅行的樂趣》（ひとり旅の楽しみ），一九七六年發行，是一本透過旅行來觀察文化的散文。作者為高坂英知。

閱讀書本

前面我說過希望孩子能看書，其實，我希望無論是什麼年紀的人都能多看書。我試著寫過許多鼓勵不看書的人拾起書本的文章，但成效非常有限。

我認為看書是一種心靈體操。藉由看書來「磨練、鍛鍊心智，填滿心靈的空缺」，能美化心靈。比起塗化妝品，看書能讓人變得更美。簡單一句話，看書能使人明白「重要的並非表面上的美」。

不看書也活得下去，但是同樣活十年，看書的人卻好像活了二十年、三十年。書也有許多種類，但大部分書的內容，都是努力、吃苦、發現新知識的前人所留下的結晶。

例如岩波文庫所出的哥倫布系列，只要花上幾百日圓，就能讀到哥倫布花費了多少苦心尋找新大陸的航線[27]。

寫書時，作者並非心不在焉的寫，而是絞盡腦汁，思考該如何化為言語。這就是我建議大家看書的原因。笛卡兒也說過，書本是作者的言論，而作者需為自己的言論負責。

現代人不愛看書，說來算是文明帶來的改變，說得再簡單些，就是我們被電視、智慧型手機的速食娛樂牽著鼻子走。電視很積極的向我們展示「娛樂」，也「娛樂」了我們。反觀書本，如果我們不「主動看書」，就不能體會看書的「樂趣」；此外還有一點不同，如果我們不主動積極的咀嚼書本，書本就不會給我們任何回饋。

27 作者注：《哥倫布航海誌》（コロンブス航海誌）、《哥倫布　全航海報告》（コロンブス　全航海の報告），岩波文庫出版。

我們可以被動的看電視或電影。尤其是電視，製作單位希望能吸引愈多觀眾愈好，因此看電視時，觀眾不必思考就能得到樂趣或知識。

而說到「看書」，則必須自己揣摩文字所描寫的場景，或是時間軸。

當然，電視跟電影都有劇本，劇本也是「書」，製作人、導演等製作團隊若沒有劇本，就無法辦事。然而，觀眾所看到的，都是製作團隊（將劇本）處理過後的內容。

看書時，如果不主動求知，沒有人會幫你。相較之下，只要打開電視，資訊就主動呈現在觀眾眼前，不必思考、不必追尋，只要當伸手牌就好了。從這方面看來，書跟電視的調性不同，或許根本不能相比。

說起來，書的有趣之處，就在於讀者必須一邊摸索一邊閱讀，逐漸了解內容。

我認為，「看書」跟「獨立思考」是有關聯的。

「看書，有助於培養獨立思考」。簡單一句話，我希望孩子們能養成獨立思考的習慣。「某個大人物說了什麼，我就信了」、「電視上說了什麼，我就信了」如此這般一切交給他人作主，不是很無趣嗎？而且，獨立思考需要從日常訓練開始做起。趁著腦袋還沒僵化時，請多廣泛閱讀、多培養求知欲與好奇心。

看書是一個人的事，沒有人跟你爭。此外，跟外表的妝容比起來，看書是低調的，沒有人看得出來。然而，你的心會變得更美，並能悄悄為此感到自豪。

後記

這陣子，我覺得「獨立思考」這四個字，意義非常深奧。我看著將棋棋士藤井聰太，不由得心想：我本來以為下棋時，棋士心中早有一套必勝法，但其實就算這一局跟從前的比賽有什麼相似之處，每次比賽都有變化，因此每局都是不同的。下棋非常考驗創意，別人無法有樣學樣。棋士不是從固定選項中選策略，而是重新創造。他們的「獨立思考」層次不同，而且是從小開始就這麼做了。

而當某個人在某個領域成為全世界最頂尖的高手時，沒有人能教他什麼，他只能獨立思考，自己想辦法成長。

畢卡索畫了一些莫名其妙的畫。當年藝術圈喜愛的是美化實物的古典畫作，但他的《格爾尼卡》等作品大獲好評。畢卡索開創了新的繪畫模式，自此，繪畫再也不受形式限制了。畢卡索的偉大之處，就在於他開拓了新的世界。

年紀大了之後，我大言不慚的針對「思考」發表了一些看法，但我也不是專家，所以內心其實有點猶豫。

福音館編輯部大概是覺得從我的畫看來，我的想法一定跟別人不一樣，聊聊天（問問話）就能看出差別在哪裡了，因此他們的問題就跟警方盤問一樣難纏，同時也很深奧、令人感動。說起來，其實受益最多的人是我。

長久以來受福音館照顧，只要能幫上忙，我當然是兩肋插刀在所不惜，但說來說去，好像也才幫了一半的忙而已。

在我的想法當中，唯一比較特別的，大概就是小時候在榻榻米上放鏡子，然後往下照的遊戲。不只是左右相反，連天地都顛倒了，這個逼真的虛擬世界，怎麼可能不好玩呢？

如果各位有空，請務必嘗試看看。

我在私立小學當老師時，有一次學生對我說：「老師，其實你教我們也只是為了領薪水，對吧？（所以你就別氣啦！）」

這表示周遭發生的事情，孩子都看在眼裡。或許是某個大人在孩子面前說溜嘴，而孩子就這樣記住了。

學生這麼一說，我頓時啞口無言。後來我離開這間學校，開始當繪畫創作者。而學生當時說的話確實是真的，所以很難處理。

我的回答如下：教導你們是為了工作（領薪水）這是真的，但我們一直以來都避著這項（八九不離十的）真相，今後也會繼續逃避。否則，美好的教育，地位就會變得比金錢還不如了。

如果可以，我希望不要逃避。「這個世界就是這樣，所以大人之間常有條潛規則——了解金錢，但不要提到錢；刻意不提錢，是一種『道義』。」以上這番話，無論說不說，都應該牢記在心，視為原則。

不論是戰爭或政治，都與金錢有關。可是，就像〈前言〉所提到的德蕾莎修女，她的無私奉獻，我不認為是為了賺錢……

對了，各位看出這則插曲背後的緣由了嗎？

老師教導孩子有錢拿，但父母教育孩子，則是一毛錢都拿不到。因此，也難怪父母比老師還認真。

最後，我要引用維寧夫人[28]的話。

維寧夫人是太子（現任天皇陛下）[29]的家庭教師，著有《太子之窗》一書。這本書從頭到尾都很有趣，在此，我想引用夫人結束工作回國之前，在最後一堂課上所說的話：

---

28 伊莉莎白・葛雷・維寧（Elizabeth Janet Gray Vining，一九〇二—一九九九），美國作家，作品*Adam of the Road*曾獲紐伯瑞獎。她曾擔任日本明治上皇的家教，並將她在日本的經歷寫在《太子之窗》（*Windows for the Crow Prince*）一書中。

29 此指當時的明仁天皇，已於二〇一九年退位為上皇。

希望您能養成獨立思考的習慣。無論誰說了什麼，都不能照單全收；無論報紙寫了什麼，都不能全盤相信；不能未經查證，就贊成別人的意見。請努力自行找出真相。針對某項議題，如果聽了其中一方的強烈論述，請聽聽另一方的意見，然後再自行判斷。這個年代，各種宣傳滿天飛，有些是事實，有些則不是事實。自行探索真相，是全世界年輕人最重要的課題。

我的想法與她相同。

希望有更多的人，「思考」如何「獨立思考」。

特別收錄

安野光雅第一本繪本
《奇妙國》創作緣起

《奇妙國》緣起

二十三歲的我，曾在山口縣德山市（現在的周南市）擔任國小代用教師。當時是戰後，沒有課本，我每天都只能自己思考上課要教什麼。

教理科時，我向學校要來營養午餐的砂糖，讓學生觀察螞蟻的隊伍。上音樂課時，為了教〈下雨的月娘〉這首曲子，我花了好大的力氣練習風琴。

我教的科目不只美術，可說是包山包海；現在想想，當年的我真是熱血教師啊。

之後，我在東京遇到許多事情，在鈴木五郎先生的介紹之下，我到明星學園教導小學四年級的美術課。

在課堂上，我要學生們將自己名字的其中一個字畫成立體圖；留下紙的兩邊，任意切割、剪裁；將圖畫紙做成盒子，盒子裡面還有盒子，裡頭還有盒子……或是用厚紙製作成相上下顛倒的照相機。

當時有個學生家長，是福音館出版社的松居直先生。他兒子阿和說學校有家長參觀日，於是他就來教室觀摩了（我事後才知道）。

當時我對創作繪本有興趣，但實在不好意思毛遂自薦，於是什麼都沒做。想不到，松居先生竟主動問我要不要畫繪本。

「有『故事』我就能畫。」我說。

「沒有文字也沒關係。」他答。

起初我擔心「繪本沒有文字，這樣好嗎？」後來想想，既然人家說沒文字也沒關係，那就畫吧！於是，我決定創作沒有文字的繪本。

當時，我覺得藝術家艾雪的畫非常有意思，所以秀給松居先生看。他看完靈光一閃，說道：「啊，難怪你想畫！」如此這般，我在月刊書《兒童之友》刊登了《奇妙國》。

這是我的第一本繪本。當年市面上沒有無字繪本，因此我收到了許多意見，不過我想做的並非兩、三下就能翻完的繪本，而是可以一讀再讀，無論讀幾次都能獲得樂趣的繪本。

關於《奇妙國》——請求免於火刑的供述

被告人安野光雅口供

是的。庭上，這本《奇妙國》的確是我畫的，但其中緣由，並非三言兩語能說盡……

咦？年齡嗎？是的，我在昭和十五年三月出生於T鎮。T鎮，是一座群山環繞的城鎮，四面環山，方圓四公里內的天空有如穹頂。因此，從小我的腦袋就被奇妙的想法占據，想知道山的另一邊是什麼模樣。

稍微長大一點後，我聽說山的另一邊也有城鎮跟村莊，再過去有大海，海水是鹹的，海裡住著魚兒；這些傳聞，就像海裡有龍宮城一樣，只是幻想罷了。

但是，幻想是無限自由的，不合理與破壞美感的部分都如煙霧般朦朧，想將世界幻想得多美，世界就有多美。

遮蔽視野的故鄉群山，反倒為我展現了美妙的虛擬世界。

通向山上的白色小徑，似乎永遠走不到盡頭，帶我穿越城鎮與村莊，通向無限遙遠的前方，最後抵達非洲。在非洲的遙遠另一端，大概就是世界的盡頭，在那裡，海水如瀑布般往下流瀉。

中世紀的人也是這麼想的，主張大地會轉動的哥白尼，是一個想像力多麼豐富的人呀。

小時候，天津腳踏車行的小岩也告訴我地球是圓的，而且會動，真是令我大吃一驚。

以前我認為，地球就像橡皮球一樣圓滾滾，而我們就住在地球的內側。太陽浮在正中央，煙囪冒出來的團團巨煙變成雲朵，有時還會遮住太陽。

這可不得了。這樣一來，千萬不能深挖水井，如果挖得太深，不就挖到地球另一側去了嗎？地球的另一側到底是什麼模樣？那一定充滿了黑暗，觸感就像黏膩的臭水溝，爬滿不知名的怪物。

有時，我會窺看類似的可怕世界。只要把鏡子放在地上，然後再往下照就看得到了。庭上，您不妨也試試看。上頭有一個洞，洞裡有個通道，通向地球的另一側。在那個洞穴裡，無論是

住宅、電線桿、森林或山，全都是顛倒的。萬一稍微踩了個空，必定會掉入無窮無盡的天空之中。

鏡子所創造出來的地面洞穴，成了我想像地球另一側的線索。洞穴裡很可怕，卻也很美，不過我想，那裡面肯定是個令人反胃的世界。假如在雷電交加的暴風雨之夜，在地上放面鏡子瞧瞧，說不定能窺見最真實的地球另一側。

咦？您問我精神有沒有問題？不，不是那樣的。這是醫師診斷書，上頭只說我有「慢性幻想過多症」。庭上，請聽我細說從頭。

有一條小徑鄰近Y部落。我跟K結伴同行，就在那時，我發病了（K是金山治世君）。

「K君，坦白告訴你，其實我是狐狸變成的。」

我脫口而出，K君聽了，嚇得彈起來。

「你想捉弄我對吧？」

「嗯，我想捉弄你。」

K君臉色大變。這次輪到我害怕了。只見K君拔腿就跑，我在他後面大聲呼喊：「騙你的，我不是狐狸！」

可是，說不定我有尾巴呀？我悄悄摸了摸褲子下的屁股。

如果真的想變成狐狸，只要念咒語就好了。咒語一出，不管是想變成狐狸還是狼，都不成問題。

在我還很小的時候，根本不需要依賴咒語這種墮落的手段，怪就怪我學了太多奇怪的知識，導致不靠咒語，就無法變成狐狸。

小時候我讀過一本叫做《魔幻手杖》[30]的故事書，大概就像那樣。只要轉動魔杖的頸部三次，並念出咒語，一轉眼就能實現願望，飛到想去的地方。像我這麼愛幻想的小孩，怎麼會懷疑故事的真假呢？

有一天，我偷偷照著故事上的方法，念出咒語。

「我想立刻變成獅子，我想立刻變成獅子。可是，我變成獅子後還想變回人，所以只想變成獅子一下子，只想變成獅子一下子。」

念出咒語、轉動手杖後，我戰戰兢兢的睜開眼睛。

站在浴室鏡子前面的，是一個剛從獅子變回人類的人。

請原諒我。念咒的不只我一個。上古時代的人們，無不向天祈求降雨與豐收；當人類束手無策時，就會想依賴最原始的魔力——咒語。

我認為，當時的咒術師與魔法師，比當今的政治家更深得人心，比科學家更受人尊敬。就連我，也敬畏著魔法師。

30 魔幻手杖（*The Magic Walking Stick*），作者為約翰・布肯（John Buchan）。

慶典、廟會的攤販或馬戲團表演的魔術，說來只是騙小孩的玩意，但向世人展現了魔法的存在；在我看來，只消按個鈕就能播音樂、講話的收音機，完全就是不折不扣的魔法。

唉，請聽我說。收音機靠著電流運作，地球是圓的而且會轉動——這些我都是後來才知道的。

簡單說來，自從我知道人類是住在地球的外側，感受到宇宙的浩瀚無垠之後，我的腦中就發起了一場改革，一場迎向文藝復興的歷史性煎熬。

是的，這說法確實有點誇張。但是，總而言之，咒術師跟魔法師已從我眼前消失，被譽為現代魔法的科學，我也能視之為重大而理性的事實。

除了故鄉的古老山巒之外，另一側沒有任何虛幻世界。

不知是幸或不幸，我並非出生在盛行火刑的中世紀，而是見證科學萌芽的二十世紀。

我再也不相信占卜、咒語、奇蹟跟魔法。話雖如此，我也沒有成為不畏懼神明的巨人。

請屏氣凝神，仔細聽聽我怎麼跟體內那個威風不再的咒術師對答吧。

「你真的相信咒語具有神力？」

「是的，多少相信。」

「你認為念咒能求雨？」

「是的，確實曾成功求得雨水。」

「也失敗過吧。」

「偶爾。但是，總有一天會下雨。」

「廢話。你就是靠這招騙人的吧？」

「不，怎麼會是騙人呢……因為大家希望我求雨……我不便推辭，只好念咒了。」

「不便推辭？說得那麼好聽，你不就是最了解咒語無用的那個人嗎？」

「是的，可是大家……」

「蠢蛋！大家知道咒語是騙人的，卻甘願被騙。」

「咦？這是什麼意思？」

「連續幾天都沒下雨，大家若不假裝被騙，要怎麼收場？蠢蛋，被騙的人是你！」

「不、不是的。為了證明這點，我現在要對審判長念咒，使他宣判無罪。」

參考辯護人[31]——美術評論家N先生口供

被告非常疲憊，假如再逼他繼續說下去，未免太殘酷了。因此，我將提出參考意見。

明知是假的，卻甘願被騙，明知是假的，卻用來騙人，這就是虛擬世界。文學或繪畫，說穿了就是讓人得以一窺虛擬世界的咒術師。這位咒術師不僅沒有違背追求真理的科學態度，更與之共存。

咦？我不能說出這類證詞嗎？科學已經甩開人文主義了嗎？

一九二四年的某一天，一位叫做安德烈．布勒東（André Breton）的詩人發出超現實主義宣言，引發一陣藝術運動風潮，解開了傳統價值的束

31　日本的參考人是指在法庭上提供參考意見、資訊或專業知識的人，作者將此角色與辯護人合併了。

縛。瀧口修造先生說：「在虛假的和平之中，物質文明與理性主義信仰為人類帶來衰敗，而這場運動企圖修復之。」

如果被告的畫有罪，那麼達利、米羅這些創作者就是大罪人了。在這群大罪人之中，有個叫做莫里茲·柯尼利斯·艾雪的人。他也是運用天馬行空的構想與縝密的計算，將古典的透視法倒過來使用，展現出奇妙的世界。就拿他的一幅畫來說，一隻手畫著另一隻手，被畫的那隻手又畫著一隻畫畫的手，奇也怪哉。

被告受到此人的作品蠱惑，他被詛咒了。幻想過多症的人受到詛咒，也難怪會發狂。因此，他忘了文字，無法為這本繪本撰寫文章。不過，就結果來說卻是好的，讀者反而能從任何角度閱讀他的繪本，繪本裡的小矮人說了什麼？閱讀的人不同，解釋的角度也不同。

如同被告所說，他小時候在鏡中看到的獨特世界，能夠恢復人性，或是幫助幼兒維持人性，他希望能讓孩子們多多感受那個世界——就算只是多幫助一個孩子也好。因此，我認為推廣這樣的繪本，確實很重要。

只是，若是基於對藝術、幼兒教育或心理學上的關鍵見解不同，而難以容許他的畫作，檢調大哥們，關於被告的人際關係，各位恐怕漏了一項線索。

他背後有兩個人物，一個是松居直，一個是佐藤某。他們唆使患有幻想過多症的善良被告，導致被告犯下無心之過，畫出那樣的畫。我想，這應該不難想像。

被告沒有將審判的勝敗放在第一位，反倒擔心自己的咒術之說會將庭上的意識拉回中世紀，足見他心地善良。

此外，他上有老母，一肩扛起家庭生計，又是個可憐的光棍。還請庭上務必顧及情理，法外開恩。

法官判決

這陣子，就屬被告與參考辯護人的供述最令本庭苦惱，而那本《奇妙國》，又比你們倆更令我困惑。

不過，聽了你們的口供，在檢視證據的過程中，本庭認同此繪本的當代意義。只是，讚美哥白尼想像力的異端思想，不可能創造出這種繪本。照常理判斷，這是被告利用妖術，擾亂了本庭的思緒。

因此，本庭判定被告安野光雅為女巫——不，男巫，按照教宗依諾曾爵八世的敕書，判以火刑，以正視聽。

什麼？你有個最後的請求？好吧，請長話短說。

什麼？你希望記下「即使如此，地球還是會轉動」這句話，做為你受火刑的遺言？

肅靜，各位旁聽人請肅靜！

果不其然，被告是個男巫，這是一場公正的判決。各位，請肅靜。為什麼不安靜下來？這、這一定是布羅肯峰[32]女巫的妖術！

（本文出自《兒童之友》一九六八年三月號夾頁導讀，經過部分加筆修正重新刊載。）

32 作者注：布羅肯峰（Brocken），德國北部最高峰，在各式傳說之中，布羅肯峰是女巫與魔鬼的聚集地。

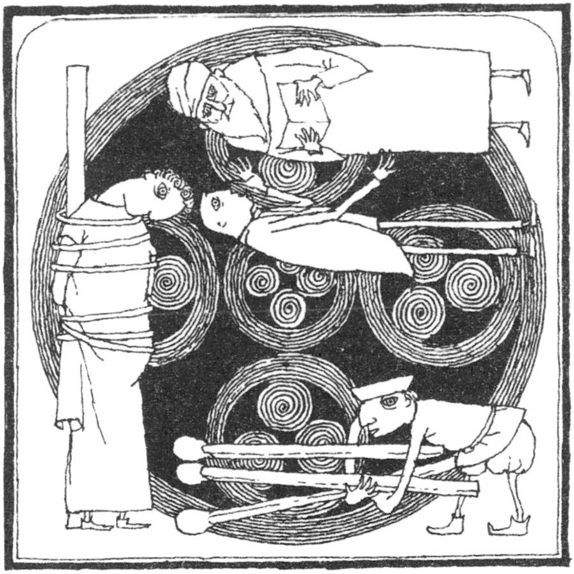

不歸類05
思考的孩子
國際安徒生獎得主、繪本大師安野光雅自剖五十年創作原點與兒童觀
かんがえる子ども

作　　者　安野光雅
譯　　者　林佩瑾
封面設計　莊謹銘
責任編輯　汪郁潔

國際版權　吳玲緯
行　　銷　闕志勳　吳宇軒　余一霞
業　　務　李再星　李振東　陳美燕
總 編 輯　巫維珍
編輯總監　劉麗真
事業群總經理　謝至平
發 行 人　何飛鵬
出　　版　小麥田出版
115台北市南港區昆陽街16號4樓
電話：(02)2500-0888
傳真：(02)2500-1951
發　　行　英屬蓋曼群島商家庭傳媒股份有限公司
城邦分公司
115台北市南港區昆陽街16號8樓
網址：http://www.cite.com.tw
客服專線：(02)2500-7718｜2500-7719
24小時傳真專線：(02)2500-1990｜2500-1991
服務時間：週一至週五09:30-12:00｜13:30-17:00
劃撥帳號：19863813　戶名：書虫股份有限公司
讀者服務信箱：service@readingclub.com.tw
香港發行所　城邦（香港）出版集團有限公司
香港九龍土瓜灣土瓜灣道86號順聯工業大廈6樓A室
電話：852-2508 6231
傳真：852-2578 9337
馬新發行所　城邦（馬新）出版集團 Cite (M) Sdn Bhd.
地址：41, Jalan Radin Anum,
Bandar Baru Sri Petaling,
57000 Kuala Lumpur, Malaysia.
電話：(603) 9056 3833
傳真：(603) 9057 6622
讀者服務信箱：services@cite.my
麥田部落格　http://ryefield.pixnet.net
印　　刷　漾格科技股份有限公司
初　　版　2020年4月
初版十二刷　2024年6月
售　　價　300元

ISBN 978-957-8544-29-1

國家圖書館出版品預行編目資料

思考的孩子：國際安徒生獎得主、繪本大師安野光雅自剖五十年創作原點與兒童觀／安野光雅作；林佩瑾譯. -- 初版. -- 臺北市：小麥田出版：家庭傳媒城邦分公司發行, 2020.04
面；　公分. --（不歸類；5）
譯自：かんがえる子ども
ISBN 978-957-8544-29-1（平裝）

1. 安野光雅　2. 兒童文學
3. 文學評論　4. 日本文學

861.59　　109002216